함부로
사랑하고
수시로
떠나다

함부로 사랑하고 수시로 떠나다

낯선 길에서 당신에게 부치는 72통의 엽서

글 사진 변종모

꿈지락

여행의 다른 말
경험

너는 너의 경험으로
네가 된 것처럼
나도 나의 경험으로
지금에 이르렀으니.

서로가 서로를
경험한다면
더 나은
우리가 될 수 있겠지.

그러기 위해
여행하는 것이지.
경험이라는 여행.
너라는 여행.
너에게 건너가는
나라는 여행.

너와

나

우리의 생에서

가장

유효한 가치

경험.

가장

아름다운 경험

여행.

어쩌다가 그대의 마음이기도 했으면 좋겠다

이 글들은 어느 낯선 길에서, 내가 떠나온 사람이거나 나를 떠나간
사람들에게 부치는 엽서 크기의 말들이다. 어쩌면 그 주변의 모든
사람들이거나 나와 상관없는 미래의 사람들에게 닿을 수도 있겠다.
주머니를 뒤지거나 일기장을 뒤지면 찾을 수 있는, 언제든지 안부
가능한 크기의 말들. 부치거나 부치지 못한 보잘것없는 말들은 결국
세상 어딘가를 떠돌고 있는, 그대의 마음에도 들어 있는 말들이다.
지나간 마음들의 쓸모를 생각하며 겨우겨우 찾아낸 상상 속의 말이
아니라, 그대가 홀연히 곁에 나타난다면 아무렇지 않게 해주고 싶은
사소한 길 위의 말들. 그대의 마음도 항상 어느 낯선 길 위를
걷고 있다는 것을 알기에, 내가 먼저 가 그대에게 엽서를 쓴다.
이를테면 그대의 마음이기도 했으면 좋겠다. 그러니까 그대에게
하는 귓속말 정도가 되겠다. 팔월의 눈보라와 십이월의 여름에
대해서 실감 나게 묘사하긴 힘들겠지만, 그것을 바라보던 마음
정도를 실어 보낸다. 그대도 다녀오라고. 길 위에서 마주한
아픔이나 슬픔, 기쁨이나 행복의 크고 작은 말들을 내게도
보내주기를 바라는 마음에서 비롯되었다.

나는, 오늘도 그대에게 엽서를 쓴다.

차례

Prologue 어쩌다가 그대의 마음이기도 했으면 좋겠다 _____ 006

① 좋은 것을 마주하는 일

봄이겠지 _____ 014

우리는 홀로여행자 _____ 016

걷다가 _____ 018

수고했어요 _____ 020

구름 모으기 _____ 022

그래준다면 나는 어떤 마음일까? _____ 026

강에서 만난 사람 _____ 028

빈번한 처음 _____ 030

먼 곳의 정오 _____ 032

그가, 내가 되고 싶어서 _____ 034

당신이 온다 _____ 036

여행자의 출근길 _____ 038

결국엔 _____ 040

바다가 된 소년 _____ 042

불만 없음 _____ 046

죽는 날까지, 처음 _____ 048

물속의 물 _____ 050

어쩌자고 _____ 052

② 도착하지 못해도 좋아

별이 될 등불 _____ 056

한 사람이 _____ 060

그런 사람 _____ 062

모퉁이를 만지다 _____ 064

가장 흔한 것들의 예찬 _____ 066

위로를 위한 위로 _____ 068

견딜 수 없는 _____ 072

여행이 내게 하는 말 _____ 074

나도 알고 있다 _____ 076

듣고 싶은 거짓말 _____ 080

그리움은 빨간색 _____ 082

찬란한 새벽의 증명 _____ 086

시집을 읽던 낡은 밤 _____ 090

꽃을 맞으며 _____ 094

아침의 기도 _____ 096

그림 뒤에 숨은 사람 _____ 098

소금의 소용 _____ 102

강가의 꽃시장 _____ 106

③ 끝내, 그대가 원하는 그곳으로

버스를 기다리다가 _____ 110

어딘가 _____ 112

온전히 너였다 _____ 114

엽서를 보내기로 했다 _____ 118

파도의 일 _____ 120

그곳이 어떤 곳이냐고 묻거든 _____ 122

소란의 과거 _____ 124

마지막, 우체국에서 _____ 126

이런 거겠지 _____ 130

오후 네시의 타페게이트 _____ 132

꿈처럼 흔들리다 _____ 134

밤의 일 _____ 136

여행자가 여행자에게 _____ 138

아침이 오지 않는 숲 _____ 140

꽃씨 하나 _____ 142

오래도록 술래 _____ 144

안으로 부터의 뜨거움 _____ 146

그래서 그랬다 _____ 148

④ 오늘도 걷다

기다리는 사람들 _____ 152

오늘도 걷다 _____ 154

너는 나의 실패 _____ 156

돌아오지 못할 _____ 158

허공의 국숫집 _____ 160

세반 호수에서 _____ 164

묻고 싶은 것을 묻어두고 오는 길 _____ 166

지상의 푸른 별 _____ 168

자주, 그 바다 _____ 172

길고 지루한 시간들 _____ 174

잠시, 침묵 _____ 178

길 위에서 만난 말 _____ 182

그대가 또는 내가 원했던 것들 _____ 184

너는 가을이다 _____ 188

해를 건지다 _____ 192

묻고 싶은 말들 _____ 194

세상의 모든 지금에게 _____ 196

그래도 마음, 자꾸만 마음 _____ 198

Epilogue 다시, 떠나는 자에게 _____ 202

좋은 것을
마주하는 일

Chapter

1

봄이겠지

미얀마는 어딜 가든지 자주 스님을 만나게 된다. 한 가정에 한 명은
스님이 된다는 말이 있을 정도로 많은 사람들이 원하고 바라는
일이기 때문이다. 단정하고 고요한 그 모습을 보고 있노라면
조용히 책장을 넘기는 마음이 되어 잠시 뒤를 따르고 싶었다.
더군다나 환하게 웃는 동자승을 만날 때면 자세를 낮추고 공손히
인사를 드려야 도리가 아닐까 하는 경건함까지 생긴다. 맑다.
맑기 때문이라 생각했다. 맑은 것은 어떠한 것도 개입되지 않은
선함이다. 그 미소를 보는 것만으로 좋아졌다. 좋은 것을 마주하는
일은 항상 그렇다. 작게 웃고 있는 얼굴 하나가 모든 풍경을 빛낸다.
따뜻한 봄의 강가나 화려한 사원에서도 아이의 웃음 한 뼘이 가장
빛나고 좋은 풍경이 되어 자꾸만 발목을 잡는다. 아이는 분명
봄이겠지. 계절로 따지면 봄이겠지. 저 얼굴은 분명 꽃이겠지.
향기로 말하자면 꽃향기겠지. 누군들 저 봄꽃 같은 미소를 외면할
수 있겠는가? 꽃은 나약함으로 보호받는 것이 아니라 아름다운
이유로 사랑받는 것이다. 이처럼 우리도 한때 봄이었다가 꽃이기도
했을 것이다. 간혹 잊고 살았던 일들이 작은 얼굴 안에 고스란히
다 들어 있다. 사라진 것들이 아니라 잊고 살았던 모든 것이.

우리는 홀로여행자

혼자 여행을 하면 두렵지 않나요? 외롭지 않나요?

　누군가의 질문에 나는 언제부터 홀로여행자가 되었을까 생각해본다. 아마도 초등학교 입학식 날 이후가 아니었을까? 어머니는 입학식 날 이후로 나를 데려다준 적 없으니, 아마도 몇십 년 전 삼월의 어느 날이 나의 첫 여행이었겠다. 누구에게도 의지하지 않고 길을 찾는 일. 길을 나아가는 일. 그리고 도착한 곳에서 떠나온 곳을 잠시 그리워하는 일. 여행을 한다는 것은 스스로를 보호하고 다스리는 일로부터 시작되는 것인지도 모른다. 그러니까 몸의 여행이 마음을 만드는 것이다. 대륙을 건너는 일이 아니라 자신의 마음을 이방 저방 자유롭게 건너며 다스리는 일에 익숙해지면, 어디라도 두려워할 일이 없다. 혼자라도 외로울 일이 없으니 어디든 떠날 수 있다. 각자가 살아온 만큼의 경력을 인정받는 여행자이다. 모두가 이미 오래된 여행자이다. 우리는 이미 오래전부터 홀로여행자였다.

걷다가

상처가 많은 사람들이 자주 배낭을 파스처럼 붙이고 길을 걷는다.
걷기만 해도 낫는 병들이 있다는 어느 현자의 말을 들은 것 같기도
하다. 걷다 보면 길 위에서 만나는 아픔에 비하면 내가 안은
상처들은 아무것도 아니라는 것을 알았다. 그러니까 정말 걷다 보면
낫는다는 말은 믿어도 좋겠다.

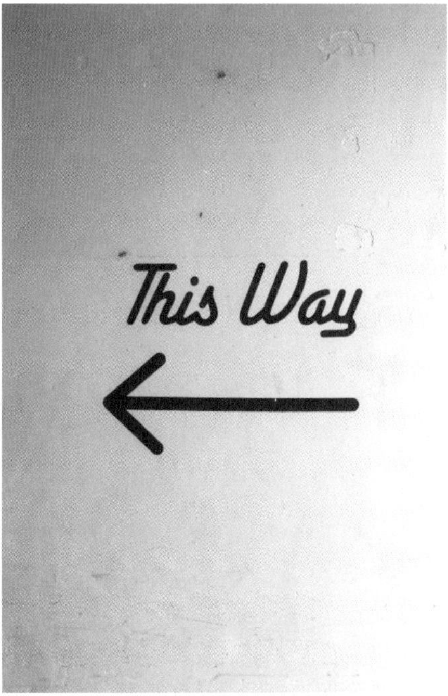
This Way

수고했어요

고장 난 자동차, 침몰한 배, 달릴 수 없는 자전거를 보면서 노력하지
않았다고 수군대지 않는다. 비난하지 않는다.
다만, 영원히 쓸모없을까 걱정하는 정도일 것이다.
충분히 수고한 것이다.
그러니 '수고했어요'라는 그 말이 끝이 아니었으면 한다.

구름 모으기

하늘을 보다가 구름에 빠져 허우적거린다. 일주일째 날마다 그랬다. 구름 때문에 며칠 더 머물기로 한 것은 잘한 일이다. 순전히 구름 때문에 그렇게 되었다.

프놈펜Phnum Penh에서 버스로 일곱 시간. 중간에 몇 번의 소나기가 왔고, 무서울 만큼 큰비도 왔었다. 버스가 정차한 곳에는 거대한 메콩강이 흐르고 있었다. 어스름한 저녁이었고, 잠시 하늘이 예쁘다는 생각을 했다. 그러나 단순히 예쁘다고만 생각했던 하늘에 반해 예정에도 없던 날들을 보냈다. 고작 베란다에서 담배를 피거나 노래를 듣거나 뒹굴거리거나 잠과 잠의 연속에서 헤맸지만, 해 질 녘 노을이 시작되면 어김없이 구름을 찾아 나섰다. 잠시 세상에서 가장 하릴없고 우아한 사람으로, 사소함에 지나친 의미를 부여하는 과장된 사람이라 할지라도 상관없겠다. 여행자가 선택할 수 있는 최상의 윤택함이다. 특권이다.

허공에 떠다닐 수 있는 것들 중 가장 아름다운 것은 구름이 아닐까. 구름 수집. 구름 모으기가 일상이 되었다. 붉은 노을 곁으로 산란하는 빛들이 내가 절대로 갈 수 없는 곳까지 번지는 시간엔 가끔 누군가가 그립기도 했다. 나만 그런 것은 아닐 것이다. 구름을 보는 마음은 누구나 다 순해져서 자신이 가장 좋아하는 사람들의 얼굴을 허공에 건다. 그렇다고 믿는다. 그러니까 구름이 탄생하는 곳은 하늘이 아니라 정착하지 못하는 자의 마음 어디쯤이겠다.

여기는 캄보디아 북부의 구름 같은 크라티에. 언제라도 지구상 가장 아름다운 구름이 탄생하는 곳.

구름 때문에

며칠 더 머물기로 한 것은

잘한 일이다

그래준다면 나는 어떤 마음일까?

먼지 쌓인 숙소에서 두어 달 먼지처럼 살다가, 툭툭 털어내듯
가볍게 인사를 나눌 요량으로 이른 아침 방문을 나섰다. 그때,
잠시 주춤했다가 그리고 민망했다가 이내 반가웠다. 전날 밤, 숙소
허드렛일을 도맡아 하던 이에게 입던 외투를 선물하고 미리 작별
인사를 했다. 그냥 마음 없이 건넸을 뿐인데 진심으로 고마워하는
모습에 선물이 되고 말았다. 주는 마음과 받는 마음이 이런 식으로
교차할 때면 오히려 주는 입장이 더 고마워져서 민망하고야 만다.
내가 준 옷을 입고 나타난 그는 오래도록 머리를 조아렸다.
  "다시 올 때면 이 옷을 입고 인사할게요."
  덕분에 내가 없는 계절에도 낡은 외투는 여기에 남아 계속
여행을 하겠구나! 헐렁하게 입은 몸은 설산에 새로 눈이 내린
것처럼 반짝거리고, 얼굴은 순둥순둥하게 핀 살구꽃처럼 환하다.
여행으로 얼룩진 외투를 받은 그는 여행하지 않는 여행자가 되었고,
나는 반드시 돌아올 의무를 받은 친구가 되었다. 내겐 꺼칠한 껍질
같았던 외투가 그에게는 알맹이처럼 빛나는 피부가 되었다. 이곳에
다시 돌아왔을 때 당신이 이 옷을 입고 인사를 한다면, 그래준다면
나는 어떤 마음일까? 빛바랜 외투가 더 낡기 전에 다시 올 수
있을까? 그때는 조금 더 좋은 옷을 입고 오겠노라는 말은 하지
않았다. 배낭이 줄어든 만큼 마음도 가벼워진 안녕이었다.

강에서 만난 사람

바람처럼 휘청휘청 걸어가는 노인을 불러 세웠다.

너무나 바람 같아서, 가느다란 몸이 단단해서, 해가 뜨기 전
갠지스강처럼 약간 슬프기도 해서. 그래서 누군가에게 돈을 줄 테니
사진을 찍자고 한 건 처음이었다.

노인과 새벽담배를 나누어 피면서 돈을 드릴 테니 사진을
찍어도 되냐고 물었다. 연기처럼 허옇게 웃으며 좋아했다. 웃지는
않아도 된다고 내 인중에 검지를 붙이며 알려주었다. 노인은 잠시
눈을 감았다가 나를 잠시 보기도 하고, 자신의 발끝을 보기도
하고, 몸을 틀어 따라오던 개를 나무라기도 했다. 어쩌면 모든
게 어색함을 줄이려는 행동이었을지도 모른다. 담배를 피우는
노인의 모습도 찍고 싶었지만, 그건 부탁하지 못했다. 몇 컷을
찍고 나니 처음처럼 어색해졌다. 잠시, 서로 말이 없다가 돈을
달라더니 세어보지도 않고 바람처럼 휘청휘청 가던 길을 갔다.
많은 돈은 아니다. 짜이 두어 잔과 간단한 끼니 정도를 살 만한
액수는 그에게도 내게도 부담이 아니다. 이제 한 시간 뒤면 어제
노인을 만난 시간. 또 나가볼까 생각한다. 행색으로 미루어 노인은
가트(Ghat, 강으로 이어진 계단)에서 잡일을 하거나 이렇다 할 직업이
없는 것처럼 보였지만 알 수가 없다. 일단 나가봐야겠다. 오늘도
허락해준다면 푸른 새벽하늘을 배경으로 하자고 해야겠다. 잊지
말고 담배를 꼭 챙겨야겠다.

빈번한 처음

낯선 길을 처음 걸을 때마다

너에게로 처음 가던 길이 생각난다.

처음은 그렇게 빈번하고 자주 반복된다.

먼 곳의 정오

여행을 잠시 접고 오전 내내 읽었던 책을 다시 꺼내 읽었다. 그리고
이미 알고 있던 사람들에 대해서 생각을 하다가 정오가 되었다.
나는 늘 같은 것을 반복하고 생각만 하다가 반평생을 보냈다. 멀리
떠나와서야 가까운 것들을 알겠다. 그리고 아무래도 괜찮을 거란
생각으로 어제와 같은 종류의 커피를 마셨다.

　산다는 것이 점점 나아가는 것일 뿐, 나아지지 않는 이유로
반복하고 고쳐 생각하는 것 아니겠나. 아무래도 지금까지 곁을
비롯한 모든 것들이 나쁘지 않았다면 그것으로도 좋은 저녁을
맞이할 수 있지 않겠나. 그러니까 이곳이어도 그곳이어도
늘 이 정도면 참 좋겠다.

그가, 내가 되고 싶어서

멀리 떠난 사람을 기다린다고 했다.

그래서

내가 떠나기로 했다.

당신이 온다

비가 올 거라는 소식을 들었다. 당장은 아니고 새벽이거나
그 이후쯤에 비가 올 거라고 했다. 비가 오거나 눈이 온다는 소식을
전해 들을 때마다 마음 한구석에서 알 수 없는 방향으로 문 열리는
소리가 난다. 정확하게 어느 방향인지 모른다. 그런데도 이유 없이
급하거나 분주하다. 음악을 선곡하고, 읽을 책을 고르거나, 마실
것을 준비하거나, 낯선 방을 청소하기도 한다. 비가 온다는 말이
누군가 내게 온다는 말처럼 들리기도 해서. 새벽쯤 비가 온다고
했다.

　온다는 말에 이미 마중 나가 있는 마음은 나약하고 취약한
마음일 수도 있겠지만 그 누구라도, 그 무엇이라도 다가오는 모든
존재에 대한 예의라 여겼다. 당신이 없는 동안 나는 그렇게 익혔다.
바람이 불거나, 비가 오거나, 눈이 오거나, 그 어떤 소식이 없는
동안에도 나는 방향조차 알 수 없는 어디론가 온 마음을 보냈다.
쉬지 않고 보냈다. 그것을 알고 오늘 당신이 온다. 비처럼 오기도
할 것이며, 눈처럼 오기도 할 것이다. 덕분에 단 한 순간도 홀로인
적이 없다는 것을 알겠다. 혼자라는 말로 늘 곁을 닦아두고 있었다.
온다는 말을 기다리라는 뜻으로 배웠기 때문이다.

여행자의 출근길

때론 아침 출근버스 안에서 그런 생각을 자주 했었지. 이대로
멈추지 않고 달리다가 몇 개의 국경을 넘고 대륙을 지나 몇 번의
계절이 바뀔 때, 누군가가 누른 붉은색 하차 벨이 울리면 한 번도
가보지 못한 낯선 플랫폼이었으면 좋겠다고. 내린 곳에 당신이
서 있다면 더욱 좋겠다고. 가능하지 않은 상상을 자주 하다 보면
끝내 가능해지기도 하는 일.
　　나는 지금 유럽의 서쪽 포르투갈의 한가운데, 그 어느 골목에서
다음 신호를 기다리고 있다.

결국엔

싫어하는 장소도 좋아하는 사람과 함께라면 아름다운 것처럼,
좋은 장소도 사람이 싫으면 가고 싶지 않은 것처럼, 결국은 여행도
사람이다. 그 때문이다. 홀로 도착한 곳 어디서나 한쪽이 허전한
이유가 그렇다. 당신은 지금도 누군가와 함께할 수 있는 자리를
찾으러 다니는 중이다. 아름다운 풍경이 아름다운 곳을 만드는 것이
아니라 아름다운 마음으로 보게 되는 모든 풍경이 아름다워지는
것이다.

　　홀로 길을 나선 사람들아. 혼자가 좋아서라는 말은 하지 마라.
당신은 오늘도 누군가 돌아올 자리를 비워놓고 길을 나선다.

바다가 된 소년

언제 가더라도 변함없는 하나의 계절, 하루에도 몇 번씩 무지개가
뜨는 섬 하와이. 섬은 외로운 곳이라 생각했지만, 이 섬에
외로움이란 없다. 각자 외로운 섬으로 살다가 섬에서 만나 처음부터
알고 지낸 사람들처럼 살가운 인사를 나눈다. 알로하 Aloha!
이 한마디에 세상 모든 안녕과 사랑과 희망과 그 이상의 것이 담겨
있다고 했다.

　　알로하! 명랑한 음성으로 인사하는 소년의 입가에서 부드러운
파도의 곡선을 본다. 소년에게서 바다를 본다. 섬에서 본 아름다운
것들이 소년에게 있다. 짧고 경쾌한 한마디의 인사가 처음 도착한
모든 사람들을 뜨겁게 만든다.

　　바다를 닮은 소년이 바다를 걷는다. 매일매일 걷다 보면 소년은
바다가 되겠지. 세상 어디든 이어지는 바다가 될 수 있겠지. 뜨거운
태양처럼 사랑하고, 드넓은 바다처럼 배려하고, 하루에도 몇 번씩
누군가에게 무지개 같은 희망이 될 수도 있겠지. 모두가 섬에서
배운 것들. 오늘도 낯선 사람들의 살가운 인사가 파도처럼 반복되는
섬을 걷는다.

　　그대도 알로하!

불만 없음

침대에 누워 까마득히 펼쳐진 풍경을 바라볼 수 있는 곳. 자칫 구름 위에 누워 있을 수도 있는 곳. 구름이 날마다 창으로 밀려드는 낡은 숙소에서 담배를 피운다. 침대 위에 누워서 담배를 피운다. 아니, 구름 위에 누워 구름 같은 연기를 만든다. 금연 스티커가 붙어 있는 벽 아래에는 주인이 놓아준 재떨이가 있다.

　한 번도 해본 적 없는 일들이 가능한 이곳은 불편을 여러 번 지나와야 겨우 닿을 수 있는 곳.

죽는 날까지, 처음

그날, 소원을 이루는 팔찌를 처음으로 받은 사람이 나였다.
오렌지빛 실을 감아주던 스님은 아무 말이 없다가 이끼 긴 계단에서
나의 왼팔을 잡았다. 휘청거리지 않았으나 흔들렸을 것이다. 잠시
새벽의 고요가 깨졌고, 헛웃음으로 다시 예의를 갖추고서 맨발이
처음이라 그랬다고 묻지도 않은 대답을 했다. 스님도 가끔 신발을
신고 다니면 그렇다고만 했다.

　　또, 새벽안개가 삼킨 것들이 익숙하게 드러나면 다짐했던
것들도 다시 버릇처럼 묻히겠지만, 삶은 하루하루 익숙함으로
무뎌져야 할 일이 아니라 매일매일 새로운 마음으로 익숙했던
것들을 만나야 하는 일이다.

물속의 물

몸에 흰 실을 감고 있는 소년은 브라만이다. 최상위 계급
브라만이다. 그래서 고요하고 순하다. 그래야 함이다. 계급은
타인을 누리는 게 아니라 스스로를 다스리는 것으로 배웠을
것이므로.

어머니가 돌아가신 지 채 한 달이 되지 않았기 때문에,
한 가닥을 남겨놓고 잘라버린 머리카락은 소년을 더욱 어리게
만들었다. 탈상을 할 때까지 갠지스에 머물 거라 말하던 눈동자
어디에선가 강으로 고요히 침몰하던 태양을 본 듯했다. 머무는 동안
사원 밖을 벗어날 일이 없는 소년에게 자주 놀러 오겠다고 했다.
말없이 웃는다. 그도 여행자였다. 짧은 머리카락이 바람에 날릴
정도가 되면 어머니와 함께 살았던 곳으로 돌아갈 것이다. 누군가를
떠나보내는 여행이 소년은 생애 처음인지도 모를 일이다.

자주 소년과 놀았다. 놀았다기보다 곁에 있었다. 누런 강물이
흘러가는 것만 바라보며 각자 말은 없었다. 나는 가끔 웃거나
사진을 찍었고, 그도 가끔 웃거나 율법에 관한 책을 읽었다. 이따금
허공을 바라보는 소년의 어깨가 물속의 물처럼 고요하게 움직였다.
사람들을 피해 강물 위로 날아다니는 비둘기를 보고 있노라면
소년을 바라볼 때와 비슷한 마음이 들었다.

그는 좋은 브라만이 될 것이며, 좋은 어른이 될 것이라
생각했다. 누군가에게 무어라 요구하지 않는 일만으로도 우리는
충분히 좋은 사람일 수 있을 것이다.

어쩌고

그녀는 붉은 입술에 붙였던 손을 잠시 이마와 가슴에 대었다가 다시
허공에 올렸다가 남루한 나의 오른발에 대고 작별의 인사를 했다.

"신이 당신과 오래도록 함께하길 바랍니다."

수줍은 자신의 마음을 신께 기대어 축복하는 자세는 한없이
낮은데, 가장 높은 별처럼 맑은 눈동자를 가졌다. 나의 오른발에
올라앉은 온기를 기억한다. 공손한 등과 따뜻한 손끝을 생각한다.
당신은 왜, 다시 만날 수 없는 사람들에게도 이리 극진한가요?

여행에서는 자주 이런 일들이 일어난다. 내 안에 있던 것들마저
누군가가 꺼내어 확인시키는 일. 당신이 주고 떠났다. 내가
오래도록 기억하는 마음들이 지금도 발등 위에 올라앉았다.

도착하지 못해도
좋아

Chapter

2

별이 될 등불

치앙마이에서는 일 년에 한 번, 소원이 별이 되는 밤이 있다. 휘영청 달 밝은 보름밤. 달빛에 별이 사라지고 새로운 별이 뜨는 밤. 등불에 담아 하늘로 올려 보낸 소원은 그대로 별이 되었다. 까만 밤하늘로 흐르는 수많은 별. 별은 스스로 빛나지 않고, 등불은 스스로 환하지 않을 것이다.

떠워 보내는 간절한 마음이 어두운 밤을 환한 빛으로 수놓으면, 저마다 찬란하게 빛나는 밤하늘을 오래도록 바라보며 가슴에 손을 얹는다. 별이 된 등불을 잊지 않으려 서성인다. 우리는 이 아름다운 기억으로 또 한 해를 잘 살아낼 수 있을 것이다.

어느 날, 무심코 올려다본 밤하늘에 뜬 별 하나. 그 별을 볼 때마다 내가 실어 보낸 등불 같은 다짐들을 기억할 것이다. 사소한 기쁨도 크게 느낄 줄 알며, 불행을 불행으로 여기지 못하는 무심함으로, 평범이 가장 평온한 날들로 이어지기를 바라는 일. 그 말들이 부끄럽지 않은 여행자로 살다 보면, 나도 이 세상 누군가에게 가장 빛나는 별이 될 수도 있겠지.

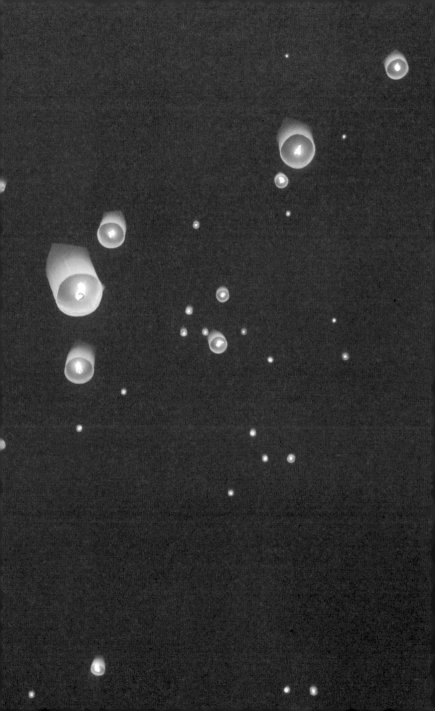

한 사람이

한 사람이 하나의 사랑이라, 세상에 태어난 모든 사람의 숫자만큼 사랑이 있다고 믿는다고 했다. 당신의 사랑도 어딘가에 존재할 거라고 했다. 왜 내게 그런 말을 했을까? 사랑 없이 사는 사람에게 어떤 표식이 있는 것처럼. 나는 얼굴이 조금 붉어졌거나 차창 밖을 응시하고 있을 테지만, 그녀의 말을 믿고 싶었다. 믿음이 곧 사랑의 시작이기도 하니까.

그런 사람

사람에게는 각자가 가지고 태어난 좋은 것들이 있게 마련이라,
세상이 아무리 거칠게 너를 굴리고 다녀도 너의 따뜻한 음성과
친절한 마음은 쉽게 사라지거나 잃어버리는 것이 아니다. 때로는
그것이 너를 벗어나 누군가에겐 가장 커다란 힘이 되고 있다는 것을
알아야 한다. 숨을 가다듬고 나면, 삶에 치여 잠시 자신을 잊고 사는
동안 생각하지 못했던 것들조차 버릇처럼 다시 제자리로 돌아갈
것을 안다. 수렁처럼 질척이는 시간에도 너의 가장 온순하고 귀한
마음을 꺼내는 법을 너는 알고 있다. 너는 그런 좋은 것을 많이 가진
사람이다. 너는 그런 사람이다.

모퉁이를 만지다

그럴 때가 있다. 이 골목이 꺾어지는 쪽에 아는 사람이 있을지도
모른다는 생각이 들 때. 이번 골목이 아니면 다음 골목에서라도,
다음 골목이 아니면 그다음 골목 귀퉁이에서 빙긋이 웃고 있거나
뒤에서 갑자기 놀라게 할지도 모른다는 상상. 낯선 곳에서마저 그럴
때가 있다. 그래서 자주 낯선 골목을 걷는다. 걷다가 만나는 것들은
나만 아는 것들이다. 어제 만난 초록대문, 첫날 만난 낡은 창문의
커튼, 또는 "다시 올게요"라고 인사했던 카페 주인.

　　너는 나를 모르지만 나는 너를 안다는 말도 안 되는 마음이
들 때는 조금 더 늦은 시간까지 걷기도 했다. 모퉁이의 모퉁이에
서서 양쪽을 모두 확인하고 나서야 겨우 끝나는 산책. 나보다 먼저
지나갔거나 언젠가 잠시 스칠지도 모를 너의 일이기도 하기 때문에.

가장 흔한 것들의 예찬

시가를 피우는 노인과
꽃을 든 여인들
길거리의 개들과 하늘의 새들
한낮의 낮잠과 카페의 노래들
세상 가장 흔한 것들이
그곳에서만 빛이 날 때가 있다.
모든 것이 쿠바에서만 가능한 것들이라 여겼다.
골목 끝에 걸린 묘한 리듬감이나
말없이도 흥분되던 입
소리를 찾아 기울이지 않아도 방향을 열던 귀
멈추려 해도 저절로 움직이던 발과
먼저 가던 마음들
모든 것이 그곳에서는 예사롭지가 않다고 생각했던 일.
쿠바여서 그런 게 아니라
사소한 것들을 귀하게 여기지 못해서 그렇다.
모든 것은 가장 흔한 것들에서부터 시작되는 것이라
흔한 것을 즐기면 매일 행복 아니겠나.
여행이 그렇다고 한다.

위로를 위한 위로

매일 오후 다섯시, 대성당 앞.

늘씬한 여자의 까만 스커트에 휘감긴 남자의 다리는 곧은
자세로 멈춰 있다. 큰 나무를 감싸듯 가녀린 팔이 가슴을 스치며
등 뒤로 돌아가면, 남자는 주문에서 풀려난 듯 움직이기 시작했다.

아주 잠깐씩 남자에게서 이탈된 여자는 한 번도 헤어져본
적 없는 얼굴로 이내 빙그르르 제자리를 찾았다. 급하게 날아오르듯
달리거나 손뼉을 치며 상대를 부추길 때면 온몸의 근육들이
수축되어 꼼짝을 할 수가 없다.

찰나와 같이 짧은 시간에 여러 번의 이별과 만남이 지나갈
때마다 한 생이 꺾이고 또 다른 삶이 잉태되는 것처럼 누군가의
거대한 삶을 보는 듯했다.

플라멩코는 부드러운 격렬함이었다. 삶을 말이나 글이 아닌
무엇으로 아주 세밀하게 설명할 수 있다면 이 광경이 아니겠나.
어설프게나마 배우고 싶다는 어처구니없는 생각이 들다가도
욕심이라는 급한 반성이 따른다. 걷는 것을 제외하면 몸으로
할 수 있는 것이 거의 없는 내게는 불가능한 일이다.
그나마 다행인 것은 이런 광경에 감격하는 가슴이 남아 있다는 것.

누구나 좋은 광경을 보면 그럴 것이라 위로하고야 만다.

　　사람들의 박수 소리가 비둘기처럼 날아다니던 골목의 공연이
끝나면, 이유도 없이 여행이 끝나버린 사람처럼 오래도록 서
있었다.

플라멩코는
부드러운
격렬함이었다

견딜 수 없는

당신에게 부담을 주고 싶었다. 당신에게 부담이라도 되는 사람이고
싶었다. 아무것도 아닌 것은 견딜 수가 없어서. 그렇게 당신이 원망
비슷한 거라도 하면서 나를 한 번쯤 떠올리길 바랐다. 모든 것이
당신을 위한 것이라는 걸 알게 하고 싶었다. 하지만 그 무엇도 없이
이제 나만 아는 마음의 부담이 되었다. 인연이라는 것이 그렇게
어렵다.

여행이 내게 하는 말

인적이 끊긴 지 오래된 길을 홀로 걷는다. 새들은 겨울이 길을
막아도 국경이 없어 자유롭겠다고 중얼거리며 산꼭대기 성당을
향해 걷는다. 이토록 깊고 후미진 풍경을 걸을 때면 말이 많아진다.
들을 사람도 없는데 말인 듯 노래인 듯 함께 걷는다. 누군가 이런
나를 발견한다면 무서울지도 모르겠다는 말도 한다. 그건 홀로
겨울을 견디는 방법이라 변명한다. 온통 새하얀 풍경 속에서 방향을
찾는 데 가장 필요한 땔감이 말인 것처럼 쉴 틈 없이 중얼거린다.
성당에 도착하기도 전에 성자가 될 것처럼 기도문을 외우듯 나른한
말들이다.

    홀로 걷는 길에서 누군가 내게 말을 건 적 없지만 침묵하지도
않았다. 여행자들은 대부분 말 없는 말로 대화하며 걷다가
그 말들을 주워 와서 살아간다. 정말로 중요한 말들은 내가 나에게
일러준 말들이다.

나도 알고 있다

허무한 바람이 불어대는 바다에서, 필리핀의 어느 섬
샤르가오 Sirgao 를 아느냐고 묻는 여행자를 만났다. 하얀 목덜미에
긴 눈을 가졌고, 좁은 이마와 작은 얼굴은 깊은 바다에 숨은
돌멩이처럼 단단하다. 가본 적 없는 섬의 이야기를 파도 소리와
함께 듣는다. 푸른 바다와 낡은 바나나 지붕이 숲을 이룬 곳.
날씨가 좋을 때면 하늘과 바다의 경계가 없어진다는 곳. 별들은
밤의 양식이 되어 사람을 취하게 만든다는 곳. 섬에서 만난 사람과
파도처럼 사랑했었다 한다. 그리고 파도를 사랑하는 사람과 함부로
사랑해선 안 될 일이라 했다. 저 홀로 달려와 부딪혀 사라지고
마는 사람이었냐고 물었던 것은 잘못이었다. 그는 파도를 떠나서
살 수 없는 사람이고, 자신은 영원히 섬에 갇히기 싫은 사람이라
불가능이라고 했다.

　　그곳에 발을 디딘 여행자는 어디론가 떠나서 사는 방법을 알지
못한다는 그 말은 정말일까? 때로는 풍경에 취한 마음이 풍경인지
사람인지 모를 때가 있어서, 함부로 사랑하고 수시로 떠나기도
하겠지만 그마저 사랑 아니겠나. 젊은 그대는 젊음의 일로 생기는
수많은 사연들로 조금씩 늙어 갈 테니, 그것을 물거품처럼 부정하지
마시라. 사랑에 실패했다고 믿는 사람아. 파도에게 섬이 되어주는
일이 쉽겠나. 내 것을 잃지 않고서 타인의 것을 얻을 수 있는 일은
파도가 굳어 길이 되는 일보다 어려운 일이라는 것을
당신도 잘 알고 있지 않은가?

듣고 싶은 거짓말

더 이상 사랑하지 않을 때

더 이상 거짓말도 필요하지 않다는 것을.

그리움은 빨간색

밤새 폭우가 내리더니 정확한 시간에 다시 해가 떴다. 테라스 아래
붉은 강 위로 엽서 한 장이 흔들리며 떠내려간다. 마치 자신이
가야 할 주소를 아는 듯 꼬박꼬박 출렁이며 흘러간다. 저 홀로
바람에 날아갔을까 아니면 누군가 그냥 흘려보냈을까. 엽서를 건져
읽으려다가 그만두었다. 도착하지 못해도 쓰는 동안 좋았을 거라
생각하니 상관없겠다 싶다.

　　낯선 곳에 도착하면 자주 우체국에 간다. 그곳의 나를 보러
간다. 누군가에게 무엇인가를 보낸다는 마음은 참으로 따뜻하고
소중한 것이라 보는 것만으로도 좋아질 때가 있다. 그래서 낯선
곳에 도착하면 잊지 않고 찾아간다. 북인도의 산골짜기 또는
스리랑카의 어느 해변이나 조지아의 스산한 겨울 우체국의
사람들을 기억한다. 그곳에서 만난 사람들의 얼굴에는 저마다의
사연이 하나씩 우표처럼 붙어 있었다. 그래서 우체국에 간다.
저무는 창가에 앉아서 낡은 창구에 고개 숙인 뒷모습을 보고,
가지런히 줄을 선 신발을 본다. 흙이 묻었는지 하이힐을 신었는지
아니면 맨발로 나왔는지를 본다. 들고 온 물건들을 내 것처럼
살핀다. 물건인지 엽서인지 편지인지를 본다. 그러다 보면 간혹
그 사람이 보이기도 하고, 받게 될 사람들의 얼굴이 느껴지기도
한다. 누구와도 상관없이 내가 그 사람들이 되어 주소를 쓴다. 자주
우체국에 간다. 때로는 어디론가 엽서를 보내거나 기념엽서를
고르기도 한다. 지나온 길에 찍어둔 풍경이나 이름을 외울 수도

없는 낯선 사람들의 얼굴들을 사진으로 인화해서 아는 사람들에게
보낸다. 하얗고 얇은 사진 뒤에 그리움이 실리기도 하고, 무심한
듯 세심한 마음의 구석까지 얹기도 한다. 아무리 사소한 무게라도
커다란 말들이라도 같은 값으로 실려 받는 사람들에게도 공평하다.
함께 붙여 보내는 우표는 그곳의 증명서처럼 잠시 이웃이 되기도
한다. 직접 떠나지 못하는 사람들의 공항처럼 내가 나를 마중
나오는 곳이며, 보내기도 하는 곳이다. 낯선 곳에서 잃어버린
마음을 확인하러 가는 곳. 답장 없는 답을 쓰러 가는 곳. 간혹 내가
없는 집에 나를 먼저 보낼 수 있는 곳. 빨간 우체통이 있는 곳에서는
궁금하거나 그리울 일이 더욱 많아졌다.

　　어디가 좋으냐고 당신이 묻는다면 우체국으로 가보라 하겠다.
심심한 것을 참지 못하는 사람은 시장엘, 그리움을 참지 못하는
사람은 우체국으로.

찬란한 새벽의 증명

길을 가던 누군가가 장난으로 낯선 창문을 두드리는 것처럼 바람의
행동은 밤이나 낮이나 늘 급작스러웠다. 사막에서는 더욱 잦은
간격이다. 덕분에 새벽 오줌을 누러 텐트 밖을 나섰다. 타인의
꿈속을 걷듯 취한 발걸음이 멈춘 곳에서야 비로소 별들이 우박처럼
쏟아져 내린다는 것을 알았다. 커다랗게 얼음처럼 박혀서 빛나는
별들은 멀거나 가까운 것 없이 앞다투어 빛을 낸다. 마치 하늘에서
분리되려는 것처럼. 별이 쏟아진다는 말의 뜻을 알겠다. 잠이
덜 깬 자의 농담처럼 횡설수설이라도 말하고 싶어졌다. 누군가에게
이것을 일러주고 싶다고, 등을 떠밀어서라도 데려오고 싶다는
생각이 들던 사막의 새벽. 그 시간에 잠든 것은 무엇도 없었다.
바람이 분다. 잠들었다고, 죽었다고 생각했던 모든 것이 부풀어
오른다. 모래가 움직이니 별들이 급하고, 별을 쫓느라 내가
흔들린다. 바람에 닦여 더욱 밝아진 샛별을 쫓아 지그재그로 오줌을
갈기던 새벽의 사막. 문득 모든 것들이 살아 있다는 것을 알겠다.
우리가 죽었다고 생각하고 있던 모든 것들, 지나간 마음이나 보이지
않는 또는 관심도 없었던 것들까지.

시집을 읽던 낡은 밤

배낭에 넣어두었던 시집을
읽어야겠다고 생각하는 순간부터
누군가 내 곁에 앉은 느낌이다.
때로는 살가운 친구보다
인사를 나눈 적도 없는 늙은 시인의 마음이
더 깊은 밤을 만들기도 한다.

낯선 베란다에서 시집을 꺼내 든 밤은
익숙한 베개처럼 다정하고
표지에 박힌 시인의 이름은
배낭을 멘 여행자처럼 정처 없다.
땀을 흘리며 걷는 시간,
예측하지 못한 길에서 현자를 만난 것처럼
문장 사이로 열려 있는 길은
길 없는 길을 만든 시인의 특권이다.
그래서 시인은 누구보다 먼저
여행을 하는 사람이라 여겼다.
하나의 시가
사람들을 데리고 나선다.
따라서 걷다 보면
간혹 돌아오지 못할 것만 같기도 하다.

시인의 책상과
여행자의 배낭엔
모서리가 없다.
모두가
닳고 닳도록 걸어야
겨우 한 줄이다.
고작 한 걸음이다.

꽃을 맞으며

루앙프라방을 끼고 도는 메콩강에는 물보다 많은 꽃잎이 흐른다.
바람이 불면 잔잔한 강물 위로 나비 같은 물결이 번졌다. 수심 깊은
꽃향기들이 사람들 사이에서도 맡아지곤 했다. 향기의 발원지는
예리하고 아름다운 조각으로 치장한 왓 씨엥통Wat Xieng Thong 사원.
며칠째 사원과 강가를 배회하며 꽃의 장막 속에 갇히고 싶었다.
사원 마당에는 거대한 부겐빌레아가 하늘로 끝없이 이어졌고,
아무리 흩날려도 끝나지 않을 것처럼 매순간 꽃잎이 축복처럼
찬란히 쏟아져 내렸다. 꽃은 꽃이라는 이유만으로 마지막까지
곁에 있는 모든 것을 빛내고 사라져간다. 태어나서 죽는 순간까지도
아름답게 살라는 꽃의 부탁을 받은 것처럼, 그 속을 걸으면 더욱
아름답게 살고 싶어졌다. 이 순간이 세상의 모든 종교이며, 자신의
가장 간절한 기도가 아닐까. 그 누가 이 광경을 목격하고서도
나빠질 수 있을까? 꽃을 맞으며 아름다운 꽃씨 하나를 내 속에
심는다. 사람은 아름다운 것을 생각하는 순간마다 새롭게 태어난다.
그래서 단 한 번의 삶에도 몇천 번을 새롭게 태어나며 거듭
아름다워지는 것이다. 나는 또 그곳으로 간다. 꽃을 맞으러 간다.

아침의 기도

어둠을 예리하게 도려내는 붉은 태양이 갠지스를 물들이는 시간.
뜨겁다. 살아갈 날이 뜨거운 사람들은 차가운 강물에 몸을 담그고
스스로 태양처럼 뜨겁게 밝히며 살아야 한다는 것을 안다. 가까운
이들의 안녕과 내 상처로 낳은 것들의 평온을 위해 매일 아침
차가운 강물에 몸을 담근다. 가난한 아버지는 새벽 강에서 아이의
몸을 닦고는 오래도록 말이 없다가 나지막하게 노래를 불렀다.
아이의 작은 머리를 매만지며 부르는 아침의 노래. 가진 것 없이
태어나 물려줄 것도 없는 아버지와 아들 사이엔 빈틈이 없다.
간격 없이 사는 사람들은 보이는 것을 나누지 않는다. 매일 아침
기도하는 마음으로 나에게 허리를 굽히고, 만나는 사람들에게
환하게 얼굴을 펴, 가장 신선한 아침으로 종일을 살자고 다짐한다.

그림 뒤에 숨은 사람

배를 타고 산으로 갔다. 산중의 강을 따라서 더 깊은 산중의
산중으로 흘러갔다. 세상으로 나오지 않는 여인들이 사는 곳으로
가는 길은 물을 통해서만 가능했다. 물은 흔적을 남기지 않으니
누군가 온 적도 떠난 적도 없을 거라는 생각으로 한나절을
거슬러 올라갔다. 대나무 껍질이 비단처럼 곱게 얽힌 지붕 아래
문신의 여인들이 닮은 얼굴로 인사를 했다. 세월의 흔적은 거미줄
문신으로도 가려지지 않고 그대로 드러났는데, 무섭거나 슬프지
않고 단지 어색함이 먼저였다. 배를 타고 산으로 온 것처럼
익숙하지 않은 광경이라, 말로는 인사를 나눌 수가 없었고 그들처럼
얼굴 옆 어딘가로 손을 저었다.

　　방향을 알 수 없는 깊은 산속, 얼굴에 거미줄 문신을 한 마지막
여인들이 모여 있다. 그녀들은 누군가의 아내가 되기 위해서는
반드시 얼굴에 고통을 새겨야 했다. 사랑하는 사람을 이웃 부족에게
뺏기지 않기 위해 남편이 처음으로 해야 할 일은 아내의 얼굴에
문신을 새기는 거였다. 그 마음은 사랑일까 욕심일까? 그 고통 역시
사랑일까 순종일까? 사랑을 빼고 나면 욕심과 순종밖에는 떠오르지
않는 것은 나의 무지함일지 모른다. 허나, 사랑이든 욕심이든
순종이든 그림 뒤에서 평생을 사는 사람의 마음은 어떤 것일까?
묻지도 않았고 물을 수도 없는 마음으로 다시 같은 방식의 인사를
하고 흘러내려오는 동안, 아무리 생각해도 그녀들의 마음을 가늠할
수가 없었다. 카메라에 대고 조심스레 웃던 눈과 밝은 입만으로는

알 수가 없었다.

누구나 가슴속 어딘가에 지워지지 않는, 지울 수 없는 문신이
있을 것이다.

그 마음은

사랑일까

욕심일까?

소금의 소용

소금 사막으로 가는 버스. 누군가의 죽음을 애도하는 고요한 노래를
들으며 버스 맨 뒷자리에 앉았다. 지정석도 없고 그렇다고 온전한
좌석도 없는 버스를 타고 바다의 과거를 보러 간다. 마주 볼 수 없는
자리들에 솟은 뒤통수를 바라보며 소금 사막으로 간다. 그러다가
사람들의 뒷모습에도 얼굴이 있다는 것을 느꼈다. 나와 동갑쯤으로
보이는 할머니와 조카뻘쯤으로 보이는 어머니와 사춘기가
진행되는 아빠는 뒤통수마저 서로 닮았다. 어린 엄마의 젖을 물고
잠든 아이의 머리만 제 나이를 먹었다.

　낡은 버스는 시간에 구애받지 않고 느리게 달린다. 아무리
험난해도 마주 보며 흔들리는 것에는 슬픔이 적다. 가져야 할
것들만 가진 사람들의 가벼운 어깨가 짐짝처럼 흔들리는데, 결코
쏟아지거나 쓰러지지 않는다. 보이지 않는 끈으로 꿰매놓은 것처럼
같은 방향으로 기울어졌다가 같은 시간으로 돌아온다.

　먼바다를 떠돌다가 갇힌 푸른 물은 결국 딱딱하게 죽은 채로도
보석처럼 빛나는 의무를 가졌다. 이 세상에 의무 없이 태어나는
생명이 있을까? 버스가 멈추는 곳은 소금의 무덤이 아니라 바다의
의무였음을. 그렇다면 나도 잠시 이렇게 흔들리고 흔들리다가,
어느 날 멈춘 곳에서 누군가에게 소금처럼 쓰일 일이 있을까?
그물처럼 성긴 지붕 아래에서도 저들처럼 빛나는 눈으로 연대하며
살아갈 수 있을까? 심하게 흔들려도 슬프지 않을 수 있을까
생각하는 밤, 느린 버스 위로 소금 같은 별이 뜬다.

강가의 꽃시장

선택의 여지도 없이 떠밀려 들어간 숙소는 볕이 들 공간이 없었다.
작은 창문에는 고장 난 선풍기만도 못한 에어컨이 박혀 있는데
주인은 에어컨을 고칠 생각이 없고, 얼굴 보기조차 힘이 들었다.
억울한 마음에 몇 번이나 카운터로 갔지만, 힘없는 관리인이
손부채질만 하고 있었다. 컴컴한 방 안에 박쥐처럼 박혀 있는
억울함은 이 도시를 떠나기 전에는 해결되지 않을 일이다. 분위기를
바꾸는 수밖에 없다며 꽃을 사러 가야겠다는 생각은 좋았으나,
버스는 일터로 나가는 사람들로 인해 꽃다발 속 구겨진 꽃잎처럼
빈틈이 없다. 뭔가 계속 잘못되어가고 있다는 생각이 들었다.
      그곳은 바람이 불어도 꽃향기가 나지 않았다. 매캐한 매연과
꽃가루가 한데 뭉뚱그려진 땀 냄새가 몰려다니던 오전의 꽃시장엔
꽃 냄새가 없었다. 거대한 도시를 가로지르는 후글리Hooghly
강가에서 바람이 불어오면 비릿한 냄새 속에서 잠시 사람들이
웃는다. 꽃처럼 웃는다. 꽃과 같은 사람들이 꽃처럼 앉아서 오고
가는 사람들을 기다렸다. 세계 최대의 밀도로 살아가는
이 도시는 마치 커다란 웅덩이 같아서 진흙처럼 빈틈이 없다.
온통 질척한 땀의 시간이지만 꽃보다 자주 웃는다. 그 아침
꽃시장에서 꽃보다 다소곳이 앉아 꽃을 파는 사람들. 살아가는
자세는 이처럼 누군가에게 부담스러운 손짓이 아니라 공손히
제자리를 지키는 것으로 향기로워야 한다.

끝내,

그대가 원하는 그곳으로

Chapter

3

버스를 기다리다가

한국에서 폐차되어 온 것들이 이곳에서 아무렇지 않게 노을 속으로 사라진다. 내가 태어난 곳으로 가는 버스와 마지막으로 이별했던 동네의 버스가 그때 그 번호를 달고, 그 시간의 행선지와는 상관없는 곳을 이리도 천연덕스럽게 달린다. 아주 오래전 야근으로 놓쳐버렸던 버스는 방금 검은 기침을 토하며 지나갔고, 아침마다 등 떠밀어 태워 올리던 출근 버스도 여유를 부리며 지나간다. 온통 과거가 현재를 달린다. 꼭 타고 싶었던, 꼭 타야만 했던 그날의 버스와 타지 않았더라면 좋았을 버스, 다시는 탈 일이 없다고 여겼던 사라진 노선의 버스들까지 버젓이 달린다.

다시 오지 못할 모든 것들이여, 지나간 것들이여. 이렇게 또 나를 태우는 일들이여. 이마저 아무렇지 않게 굳은 마음으로 무심히 창밖을 보며 손 흔드는 여유가 생길 때까지 우리는 얼마나 많은 버스를 타고 내리기를 반복할까? 하지만 아무리 멀리 돌고 돌아도 끝내, 그대가 원하는 그곳에 도착할 것을 안다. 언젠가는.

어딘가

크게 나아질 일 없는 삶도
크게 행복할 일 없는 일상도
불행하지 않으니 그게 어딘가.
그 어딘가는 어디에 있지 않다.
바로 지금 곁이거나
내 안에 있다.

온전히 너였다

나에게 주어진 사랑이 단 한 사람이라면 그건 내가 되어야겠다.
이제부터 그래야겠다. 누구를 위해서 무엇이 되기란 온전한 내가
되기보다 어렵다는 것을 알겠다.

　　이제 나는, 나만 사랑하며 사는 일로 최선을 다해도 괜찮겠다는
위로를 한다.

엽서를 보내기로 했다

대성당 옆을 가로지르는 낡은 골목 안 기념품가게의 진열장에는
이 도시의 흔적들이 정갈하게 누워 있다. 플라멩코를 추는 남녀와
수녀들의 뒷모습과 마차를 끌고 가는 검은 말의 건강미 넘치는
사진들이 박제되어 사람들의 발걸음을 묶는다. 빈 엽서를 고르는
동안 받게 될 사람들을 생각한다. 그들의 얼굴을 말투를 버릇들을
취향들을 생각한다. 익히 알고 지내던 사람들은 먼 곳일수록
더 자세히 보인다. 차고도 넘치는 단어들은 이 도시를 대변하는
사진 뒤에 숨기고, 남루한 숙소 주소만 적어야겠다는 생각을 했다.
다 표현하지 못할 말들을 작은 엽서 안에 구겨 넣으려 안간힘을
쓰는 것보다, 빈 엽서를 보내고서 다시 만나는 날에는 그날의
말들에 대해서 민망한 얼굴로 웃으면 그만이겠다 싶었다.

　　커다란 그대의 마음. 엽서 한 장 크기의 말이면 좋지 않을까?
편지 한 장의 무게라면 더욱 좋지 않을까? 정성스러운 손길로 꾹꾹
눌러, 다짐하듯 건넬 수 있는 마음이라면 충분하지 않을까? 당신과
나의 오랜 사연이 단 한 줄의 담백함으로 정의되어도 서운하지 않은
사람으로 인사하자. 다음을 위해 조금 궁금해하고 말자.

파도의 일

바다를 가장한 풀장, 풀장 너머 모래사장, 모래사장 너머 바다.
그 사이를 거닐며 우리는 자주 진짜가 아닌 것에 대하여 열광했다.
진짜가 되어야겠다. 무엇이든 그런 마음으로 살아야 겨우 가짜라도
면할 수 있을 것이다. 내가 나를 상처 내며 사는 일도 결국 진짜가
되기 위함이지 않겠나. 괜히 아프지 말고 함부로 위로받으려 하지
말자. 진짜는 늘 파도치며 평생을 떠밀려 다녀도 말없이 아름답다.

그곳이 어떤 곳이냐고 묻거든

당신의 마음에서 욕심을 빼면

그곳이 미얀마.

소란의 과거

그대의 소란스러운 마음이 소용돌이의 한가운데 같다 할지라도
잠시만 견뎌보라. 견디는 동안 면밀히 살펴보라. 소란의
덜거덕거림을 그대로 대면해보라. 과거를 만드는 유일한 일은
피하지 않는 것이다. 영원할 것 같던 그 소란도 자고 나면
이미 과거의 과거가 되어 있을 테니, 피하지 마라.

마지막, 우체국에서

결국 또 우체국 앞이다. 엽서 한 장 보내달라던 말이 자꾸만
이곳으로 이끌어 나도 모르게 우체국 계단에 주저앉았다. 말보다
강한 글의 유효기간 안에서 함부로 전할 수 없는 말들을 생각하며
오래도록 걸었다. 그리고 푸른 잎들이 마지막 옷을 갈아입는
스페인의 남쪽, 어느 낯선 우체국 앞에 섰다. 낙엽보다 먼저 노을이
지고 있다. 간혹 성급하게 단풍 든 잎새들이 오래된 편지처럼
건조하게 나뒹구는 시간. 언제나 떠나온 자의 시간은 더디고 남은
자들의 시간은 쏜살같아서 한 번의 안부쯤이야 건너뛰어도 세상은
변함없겠지만 자꾸만 속으로 물음표들이 쌓인다. 세상의 낙엽보다
많은 사연들이 연약하게 엉켜 있는 우체국 앞으로 해가 진다.

　　여행을 떠나기 전날, K는 먼 곳에 도착하거든 엽서 한 장
보내달라는 말로 그날의 인사를 하고 황급히 사라졌다. K뿐
만 아니라 많은 사람들이 자주, 부탁도 아니고 바람도 아닌 조금의
애틋함을 섞어 마지막 인사를 했기에 흔한 말이라 생각했다. 흔한
말들. 또는 마음 없는 말이라 여겼다. 그러나 '엽서 한 장'이라는
말의 무게는 결코 가볍지가 않았다. K가 했던 '어디서든'이라는
말보다 '어떤 말이든'이라는 단어가 낙엽이 다 털려나간 고목처럼
가슴속 깊이 박혀 성가셨다. 이후로 자주 엽서를 쓴다. 먼 곳이든
가까운 곳이든 어디서든 생각나는 사람이 있다면 그때그때 엽서를
쓰고, 부치든 부치지 못하든 쓴다. 쓰는 동안 천천히 내가 걸어가고
있다는 것을 알기에, 떠나지 못한 자들에게로 걸어가 낯선 곳에서

살며시 곁에 앉는 다정함으로 쓴다. 말로 해도 될 말을 쓴다. 어떤
말이라도 상관없던 그 말의 곁으로 걸어가 앉는다. 그렇게 하다
보니 써달라고 부탁하던 사람보다 내가 더 좋아져 새로운 여행이
되기도 했다. 어디서든 쓰기도 하고 어떤 말이든 쓰기도 한다.
육중한 건물에 갇혀 먼 곳을 바라보는 K에게 쓰기도 했고, 내가
나에게 쓰기도 했다. 말하면서 느꼈다면 쓰면서 알아간다. 그러니까
가만히 있어도 먼 여행을 한다. 편지가, 엽서가 그렇다. 전화보다
더디고 뭉툭해서 빠르게 도달할 수 없을지라도 언젠가 닿을 것이다.
깊고 든든하게 기억될 것이다. 산다는 건 결국 마음에서 마음으로
이동하는 것 아니겠나. 자리를 찾지 못하고 낙엽처럼 굴러다니는
열쇠고리보다는 한 장의 엽서를 원하는 이유. 그 이유를 안다.

그대, 그대도 길 떠나고 없는 나의 빈집에 엽서 한 장 보내달라.
돌아온 자리가 따뜻할 수 있도록, 아무런 가치 없는 빈말이라도
나에게 그렇게 해달라. 그렇게 따뜻해진 마음으로 한동안 힘을
내어 내가 걸었던 길 위의 일들을 그대에게 선물하겠다. 호탕하게
웃으며 하는 말도 잠시 다정하게 나를 껴안을 수는 있겠지만,
심장으로 또박또박 눌러쓴 마음의 말은 오래도록 누군가에게
큰 힘이 된다는 것을 우리는 잘 안다.

그대여! 아무 계절이 오더라도 편지를 쓰자. 쓰면서 오가는
마음들로 좋은 여행을 하자. 첫 줄을 쓰는 순간 이미 그대도 세상의
어느 길 위에 있다.

이런 거겠지

유럽 대륙이 끝나고 있었다. 먼 길을 걸어왔다. 지친 마음으로
걸터앉은 골목, 카페 창가에 묶인 강아지들을 끌어안으며
행복해하는 아이를 본다. 아무것도 아닌 그 풍경이 왜 그리도
근사해보일까? 행복이라는 감정의 뜻은 저 아이의 표정에서 얻어낸
것이 아닐까 생각했다. 그것이 사랑이라는 단어를 파생시켰을 것만
같다. 행복과 사랑은 그다지 먼 길이 아니니까. 누구의 눈치도
볼 것 없이 강아지와 같은 자세로 눈을 맞춰 웃는 저 아이는 참으로
근사한 사람이 될 것 같다. 내가 사랑하는 것들은 그 이유만으로
모두 근사한 존재들이다. 멀리 아프리카 대륙으로 떠나는 뱃고동
소리가 깊게 울린다. 여기는 유럽의 마지막 골목, 스페인의 남쪽
타리파. 다시 돌아갈까 망설인다.

오후 네시의 타페게이트

타페게이트Thapae Gate. 매일 걷다가 걸음을 멈춘 곳이 여기다.
약속한 적도 없고 약속할 사람도 없는데 걷다 보면 매일 같은
시각 이곳이다. 여기라서 괜찮다. 사람들이 낡은 성벽 바깥에서
새 모이를 주며 외로움을 달래는 시간이 되면 길어진 그림자가
질척거린다. 누구도 오라고 한 적 없고 만나자 한 적 없어도 여기는
누구나의 약속 장소. 약속 없는 사람들이 약속을 찾는 곳. 너도
언젠가는 이곳의 그림자를 피할 길이 없을지도 모른다는 생각을
한다. 그때까지 자리를 뜨지 못할 거라 생각한다. 그림자를 밟지
않고서는 건널 수 없는 시간. 오래도록 주저앉았다. 너도 여기서는
그럴지 모른다.

꿈처럼 흔들리다

사막에 살던 것을 바다로 끌고 나와 사람들을 기다린다. 며칠째
아무도 찾지 않는 비 오는 바다. 사람들보다 매일 밤이 먼저
찾아오는 일은 그들의 실패와는 무관하다. 바다를 본 적 없는
낙타는 바다가 무서울까 사람이 더 무서울까? 바다의 절반은
사막을 닮았으니 아무래도 사막보다는 사람이겠다. 어쩌면
익숙하게 사람을 태우는 자신이 더 무섭기도 하겠다. 초저녁별이
뜨는 푸른 바다로 사람을 등에 태운 낙타가 휘청휘청 꿈속을 걷듯
걸어간다. 등에 올라탄 사람도 흔들리고 낙타도 흔들린다. 꿈처럼
흔들리는 순간마다 귓속말을 하고 싶은 초저녁의 푸른 바다.
이 모든 일이 꿈이라 생각하면 아무것도 아닌 일이라고
일러주고 싶은 저녁.

밤의 일

밤을 견디는 것은 나를 견디고, 지나간 누군가를 견디는 것이다.
그러니까 혼자 견디지만 결코 혼자가 아니다. 잠들지 않아도 꿈처럼
따라오는 서로의 일들. 그 시간들을 꿰매는 일이다. 흐트러뜨리고
섞어놓은 것들로 차곡차곡 배낭을 꾸리는 일이다. 낯선 밤은
지나간 삶의 생각들로 채워진다. 그러지 않으면 견딜 수 없는 밤.
좋은 마음과 좋은 생각으로 삶을 꾸리지 않으면 홀로 된 밤마저
늘 불편이 나를 쫓아온다. 어딜 가더라도 그런 밤을 벗어날 수 없고,
환한 낮이라고 다르지 않다. 자주 그런 풍경을 목격한다.

여행자가 여행자에게

허무를 견디지 못해 자주 길을 나선 사람들아. 당신이 갈 곳은
어디에 있을까? 지키고 싶고, 안주하고, 희망을 저장할 수 있는
그곳은 어디일까? 이 지구상에 있을까? 아니면 그 어디에도
없을까? 만약, 이미 멀리 와버렸다면 그런 생각의 생각마저 버리자.
문득 뒤돌아보며 웃게 되거나 자주 내 마음속을 간질이는 것. 제일
많이 생각나는 따뜻함이나 소소한 행복. 그것으로 견고한 집을 짓고
살자. 허무의 넓이도 공허의 깊이도 작은 따뜻함을 이길 수는 없다.
그것만 끌어모아도 커다란 행복이다. 굳이 떠나지 않아도
알 수 있는 것들이 제법 많다.

아침이 오지 않는 숲

저 어디쯤
숲의 창 너머로 당신이 걸어오고 있으면 좋겠다.

노을처럼 왔다가 밤처럼 살았으면 좋겠다.

그리고 우리는
모두 이 숲의 아침을 본 적이 없었으면 좋겠다.

꽃씨 하나

꽃씨 하나를 심었다.
이곳도 아니고 저곳도 아닌 곳에
꽃씨 하나를 심었다.

훗날
꽃으로 피는 게 아니라
너로 필 것이다.
그때
너와 함께 설 자리에
꽃씨 하나를 심었다.
그 어디라도 상관없는 곳에
꽃씨 하나를 심었다.

꽃이 필 때를 기다려
너를 보러 갈 것이다.
마치 처음 보는 것처럼
지구상에 처음 피는
꽃씨 하나를 심었다.

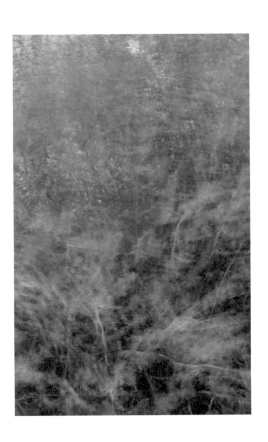

오래도록 술래

연꽃밭의 소녀는 마치 술래가 되기를 더 좋아하는 것처럼, 웃음을
참지 못하는 동생을 못 들은 척, 못 본 척 노을 지는 하늘에다 살포시
동생의 이름을 불렀다.

　오늘도 천천히 노을이 지고, 붉고 뜨끈한 것이 급하게 가슴팍을
훑고 지나갔다.

　예쁘다. 너는 참 예쁘다.

안으로부터의 뜨거움

다시 갠지스다. 현자의 자세처럼 미동도 없는 강가에서 태양만이
유일하게 분주하다. 뜨거운 태양을 마주하며 온몸의 감각을
주고받는 사두Sadhu는 일생을 홀몸으로 옮겨 다니거나 돌처럼 박혀
있지만 강물처럼 편안하다. 자세 어디에도 이끼 낀 둔탁함이 없다.
물병 하나, 비닐봉지 두 개가 전부라고 말하던 표정이나
음성 어디에도 불편한 기색은 없었다. 그것만으로도 평화로움을
유지할 수 있다는 것이, 타오르는 태양보다 경이롭게 느껴지던
시간이었다. 사두의 등 뒤로 거대한 태양이 떠오른다. 어쩌면
저 태양은 마음속에 품은 뜨거운 삶의 자세가 밖으로 뿜어져 나오는
것은 아닐까?

　　삶이란 바깥으로 채우는 일이 아니라 안으로부터 채워나가는
일. 내 안의 열정으로 바깥의 냉랭함을 다스리는 일. 스스로 뜨겁지
않으면 세상 그 무엇도 뜨겁지 않을 것이다.

그래서 그랬다

스물다섯 시간이 걸릴 거라던 낡은 버스는 결국 스물아홉 시간
만에 낯선 터미널에 나를 던져놓았다. 척추의 한 부분이 나사처럼
빠져나갔을지 모른다는 생각을 했다. 먼지 날리는 승강장에서
엉덩이는 펑크 난 타이어처럼 한동안 일어날 줄 모른다. 두 번의
아침과 두 번의 정오 그리고 곱절이 넘는 밤을 달렸다. 비행기로
한 시간 남짓인 양곤에서 시트웨까지, 버스를 고집했던 것은 누구의
권유도 아닌 나의 선택이었다. 함부로 내가 나를 괴롭히기 위해서가
아니다. 생활에서 비켜나온 삶이 느슨하다는 이유로 일부러
스스로를 험하게 부리려 하는 것은 더더욱 아니다. 다만, 불편하게
다가오는 삶의 자세도 평온하게 고쳐 앉아 웃을 수 있는 마음,
그것을 알기 위해서. 그래서 그랬다.

오늘도
견디

기다리는 사람들

바라나시에서는 깊이 잠든 적이 단 하루도 없었다.

첫 여행부터였다. 죽은 자들이 실려 나가는 골목에서 작별의 노래가 구슬프게 들리면, 갈비뼈를 세어보듯 나의 빤한 앞날을 떠올렸기 때문이다. 그런 새벽이 날마다 같은 꿈처럼 반복되었다. 죽어서도 사라지지 않을 미련한 생각들이라 자책하며 매일 새벽 숙소를 나섰다. 기다리라고 한 적도 없는데 만날 사람이 있는 것처럼.

새벽의 원숭이들은 해를 기다리는 것인지 물안개를 마시려는 것인지 그리운 모양새로 강가를 향해 목을 뺐다. 그리운 것은 그런 식으로 항상 공손하게 기울어져 있다. 모두가 해를 기다린다. 잠시 사라졌다가 약속처럼 정확하게 나타날 것들도 이리 그리운 아침인데, 기약 없는 그리움을 가지고 사는 사람들의 마음은 해를 쫓는 어둠만큼 커다랗게 깔려 있을 것이다.

해가 뜬다. 사람들의 가슴이 향하는 본능적인 방향으로 해가 뜨면 또 하루다. 시작이다. 강기슭에 모래알처럼 촘촘히 박혀 사는 어떤 이는 지난하고 고통스러운 하루를 가장 신선한 아침으로 하늘에 위로하며 산다. 모든 것이 이처럼 아이러니를 물고 태어났다가 해결 없이 사라진다. 그 속에서 밝은 쪽으로 가슴을 조준하고 따뜻하게 살아보려는 마음이 유일한 밑천이다.

오늘도 걷다

쌓이고 쌓이면 마음이겠지. 그러다가 사랑이 되기도 하겠지.
털어내고 털어내면 내가 될 수 있겠지. 그러다가 아무것도 아닌
사람으로 살게 되겠지. 그러기 위해 걷는 거겠지. 아무것도
사랑하지 않고, 무엇도 되지 않을 수 있을 때까지.
오로지 내가 되기 위해서. 험한 세상에 함부로 연루되지 않도록.

너는 나의 실패

몰라서 묻는 게 아니다.

그냥,

그대가 나를 한번 봐주길 바라는 마음에서였다.

정작,

묻고 싶은 말은 꺼내지도 못하고 그대의 얼굴을 마주한다.

사람들은 대체로

중요한 것을 맨 마지막에 꺼내는 이유로 실패를 경험한다.

돌아오지 못할

사랑이 꼭 여행과 같아서, 사람도 꼭 여행과 닮아서, 저 홀로
떠났다가 끝내 저 홀로 돌아와야 하는 일. 사실, 우리는 처음부터
누구에게로 갈 마음이 아니었다. 서로를 보는 듯했지만 누구도
서로에게 온전히 건너갈 마음이 없었다. 다 안다고 생각했으나 고작
각자의 마음만 위로하고 헤어지는 일을 사랑이라 했었다. 끝까지
두 손 마주 잡고 뛰어내린 적 단 한 번도 없이 그걸 사랑이라 말했다.
길이 없는 곳까지 걸어보지도 않고서 다녀왔다고 말했다.

　　그래서 사랑아! 언제나 함께하지만 혼자 돌아와 운다. 그래서
사람아! 늘 마주 보지만 나조차 알 수 없다. 그리고 돌아올 마음으로
떠나는 모든 것들아! 절실하지 못했던 나의 모든 것들아! 다시는
돌아오지 못할 마음으로 가야 한다. 결국 삶은 그 무엇도 시간을
거슬러 올라갈 수 없는 이유로.

허공의 국숫집

선배!

　오늘, 같은 길을 세 번이나 걸었습니다. 그러나 같은 마음으로 걸었던 건 아닌 것 같습니다. 이곳으로 온 지 꽤 시간이 지났음에도 익숙하지 않은 곳이라 그런가 봐요. 늘 같은 사람이라 여겼던 사람도 어느 한순간에 내가 알던 사람이 아닌 것처럼 여겨질 때가 있는 걸 보면 당연한 일이기도 하겠지요. 그런 감정과 비슷한 걸까요? 같은 길이 날마다 다르게 느껴지는 요즘은 선배가 계신 그곳이 자주 생각납니다. 저는 이제 누군가의 후배가 될 수 있는 나이가 아니라 생각했지만, 늘 의문투성이라 오늘은 저도 어쩔 수 없는 선배의 후배라는 것을 생각합니다. 자주 마음의 어느 한쪽이 기울어지는가 하면, 땅이 없는 곳을 걷는 기분이 들 때가 있지요. 참 멀리, 자주 떠났습니다. 그러면서도 결국 멀리 가지 못하는 마음과 여전히 먼 생각이라니. 그러나 큰 걱정은 하지 않습니다. 선배도 그런 때가 있었을 거란 것을 압니다. 이곳으로 오는 동안 수백 번의 모퉁이를 돌고 여러 번의 고개를 넘었습니다.

　온통 하늘만 보이는 이곳은 사실 숲이 더 아름답습니다. 그런데 사람들은 '숲의 국숫집'이라 하지 않고 '허공의 국숫집'이라 부릅니다. 사람들은 대체로 높은 곳을 동경하고 그리워하나 봅니다. 선배가 살고 있는 허공은 어떤가요? 구름 위의 공간에서 발아래 펼쳐진 숲을 보면서 뜨끈한 태국식 국수를 먹다가 선배 생각이 더욱 났습니다. 이유도 들으려 하지 않고 자꾸만 이별하자는 사람을

보내고 돌아온 밤에, 선배가 더 취해서 주정처럼 하던
농담 같은 진담의 말을 지킬 수 없기 때문인지도 모르겠습니다.
변명의 기회도 없는 삶은 이 세상 어디에나 있는 거라며, 빨리 국수
한 그릇 먹여달라던 그 말. 가족을 이루면 새로운 땅이 생기는
거라고, 그런 여행을 하라던 선배의 따뜻한 국수 한 그릇 같던 말.
그 말을 지키지 못하고 걷는 마음은 허공의 허공을 걷는 것처럼
디딜 곳이 없습니다.

　　선배, 잘 지내시지요? 선배는 그때의 나이 그대로 그곳에서
살고 계실 거라 믿습니다. 남은 자는 또 남은 힘으로 간혹 선배가
계시는 그곳 한번 올려다보며 힘을 내겠지요. 오늘, 저는 깊은
산중의 숲 위로 흘러가는 구름을 보며 선배와 같이 국수를
먹었습니다.

세반 호수에서

돌아올 때까지 기다리겠노라던 택시기사의 당부는 잠시 잊고,
오래도록 아르메니아의 세반 호수를 보며 서 있었다. 나무도
서 있었고 나도 서 있었다. 나무도 떨고 있었고 나도 떨고 있었다.
시절이 그랬고 계절이 그랬다. 자신의 언 발을 호수에 담그고
잘못한 것 없이 영문도 모르고 떨며 지내야 하는 것은 비단
겨울이나 나무뿐만이 아닐 것이다. 낯선 땅, 얼어버린 호수에 서서
무작정 나의 날들을 걱정한다. 걱정 없이 살았으면 좋겠다는 엄청난
걱정을 만든다. 그래도 부지런히 떨어본 것들은 쉽게 부러지지
않을 것이다. 많이 흔들리거나 조금 휘어질 뿐. 세반 호수에
봄이 오면 물기 가득 머금은 푸른 잎들을 다시 보러 와야겠다.
우리가 마주 보고 나눈 혹독한 계절을 한잎 한잎 꼭꼭 눌러 적듯
이야기해야겠다.

묻고 싶은 것을 묻어두고 오는 길

말문을 닫았다.
닫으면 열리기도 해야 하는 것인데,
말문을 닫는 순간 모든 것이 닫혀버렸다.
지난 시간이 끊기고 앞이 보이지 않는다.
말문을 닫는다는 것은
더 이상 너를 보지 않겠다는 것이 아니라
내가 나를 보이지 않게 하겠다는 것이다.

지상의 푸른 별

산속의 푸른 마을 세프샤우엔. 모든 것이 푸르다. 언뜻 바다이거나 하늘 같기도 했다. 그것을 두고 실없는 여행자들이 바다라 우기고 하늘이라 대꾸했다. 모든 것이 푸르다. 푸른 것은 청춘이라 파란색 골목마다 노인들도 젊은 웃음을 지니고 파랗게 웃는다. 화창한 날의 골목은 끝이 없다. 푸른색 골목은 그대로 하늘이 되거나 골목 끝에 걸린 하늘이 오히려 바다가 아닐까 의심한다.

　　파란색 마을에 푸른 밤이 오고, 하나둘 불빛이 켜지면 이곳은 또 하늘이 되겠지. 푸른 밤하늘. 따뜻한 불빛 하나가 어느 별 누군가에겐 진짜 별이 되기도 하겠지. 우리가 바라보는 저 별들도 알 수 없는 세상의 창가에 켜둔 저녁 불빛일지도 모르니, 이 산중의 푸른 마을에서 누군가에게 별이 되어도 좋겠다. 지상에 밝혀지는 누군가의 등불 하나가 내게 별이 되는 날 돌아가리라. 더 이상 걷지 않고 멈추어 날마다 그대에게 찬란하고 싶다. 산중의 푸른 하늘 같은 마을에 밤이 오면 오늘도 지상의 무수한 별이 뜬다. 어쩌면 당신의 별도 그곳에서 빛나고 있을 것이다.

자주, 그 바다

아무것도 없던 바다. 그 바다가 그립다. 바다로부터 먼 곳일수록
그랬고, 발을 적신 채 수평선을 바라보면서도 그리운 것은
마찬가지였다. 원래 바다는 한 몸으로 태어났으니 이곳이든
그곳이든 상관없이 좋다고 했던 말은 진심이 아닐지도 모른다.
그날, 바다에서 만난 노인을 떠올리면 더욱 그렇다. 베트남의 남쪽
바다 무이네였다. 하늘과 공평하게 나눈 수평선이 전부였던 바다.
그리고 백사장에서 하얀 파도의 헹가래를 받으며 열심히 낚싯대를
던지던 한낮의 노인. 한참을 곁에 서서 같은 방향을 바라본다.
허공의 구름이나 수면을 가르는 바람이라도 걸리길 바라는 나의
마음만 있을 뿐, 아무리 몸을 던져도 소득은 없고 파도의 양만
늘어나던 시간이었다. 이따금 돌아서서 웃는 얼굴에는 고단함조차
없는데, 내게는 그 시간이 어떤 힘처럼 남아 있다. 텅 빈 바다를
메우던 환한 얼굴. 때때로 내가 아무런 소득 없이도 웃을 수 있다면,
그 마음은 아마도 노인의 바다로부터 온 것이 아닐까 한다. 그날의
모든 풍경 속에 바다는 없고 노인만 남았다. 허연 웃음이 파도처럼
몰려다니던 그 바다에 다시 가고 싶어졌다.

길고 지루한 시간들

모진 추위 속에도 피어날 것은 피어나고야 만다.
바깥의 두려움쯤이야 아무래도 좋다. 어둠 속에 감금된 아우성이야
추위에 비한다면 꽃일 테니. 그러나 또한 안다. 피어나는 것이
중요한 것이 아니라 지속적으로 견디며 자신이 정한 자세로
사는 것이 더욱 가치 있는 일이라는 것을. 그리하여 추위쯤이야
아랑곳하지 않을 것이다. 이 어둠의 터널 속에서도 눈감지 않고
어둠의 면모를 자세히 살피겠다.

잠시, 침묵

대지를 관장하는 거인이 지구의 어느 한 부분에 두 손을 넣고 틈을
벌린 것처럼, 균열이 간 대지는 지상으로 속살을 드러내고 있다.
아침 일찍부터 그 틈을 따라 사람들이 줄지어 들어간다.
비밀의 문을 통과하듯 말없이 걷다가 장밋빛 붉은 바위들의
끝에서는 끝내 탄성을 지르고 만다. 마음을 숨길 길이 없다.
감정을 속일 방법이 없던 것이다. 그러나 이제 겨우 페트라의
입구에 도착했을 뿐이다.

버려진 사막 위에서 다시 버려진 채로 세월을 견뎠으나 끝내
발견되고 말았다. 한때 찬란했던 영화가 고스란히 드러난 바위
도시. 있는 그대로를 가꾸어 집을 짓고, 드러난 그대로를 다듬어
성을 만들었다. 해가 저무는 동안 바위는 여린 분홍빛 장미였다가
그림자가 겹겹이 쌓이면 붉은 장미가 되어 밤을 맞이했다.

우리가 견뎌온 모든 것들은 절대로 그냥 사라지지 않는다.
그것이 스스로 찬란하게 드러날 때를 기다려야 한다. 바위가 굳어
또 다른 세상이 되기까지의 시간에 비한다면 잠시가 아니겠는가.
그런 마음으로 기다려야 하는 일.

묻히고 묻힌 일들. 하지만 시간이 지나면 다시 드러날 일들.
잠시 숨죽여 살아야 하는 것으로 억울해할 일은 아니다.
대체로 사람들은 과거보다 현재에 열광하므로. 기다려야 한다.
때로는 한없이 그래야 할 때가 있을지도 모른다.

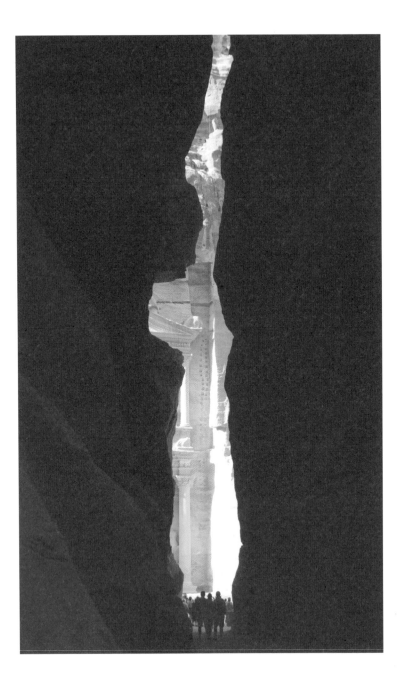

길 위에서 만난 말

내 마음의 한 줄 문장은 무엇일까?
그 문장에서 가장 중요한 단어는 또 무엇일까?
그것은 나를 위한 것인가?
타인을 위함으로 내가 더 좋아지는 말들인가?
아무래도 좋을 것이다.
내가 믿고 오래오래 걸을 수 있는
한 줄 먼 길 같은 문장이 있다는 것은.
누군가에게 이정표가 될 수 없을 만큼 사소해도
든든할 것이다.
내게 종교 같고 깃발 같은
하나의 단어가 있다는 것은.
혈액형처럼 절대로 바뀌지 않는
단어 하나의 힘으로 걷는다.
너에게 간다.
도착하지 못하더라도 상관없을 것이다.
이미 그 말을 사랑하고 사랑하며 걸었을지니
뒤돌아갈 수밖에 없더라도 괜찮을 것이다.
누구에게 말하지 않아도 될
나의 문장을 새기는 일.
오늘, 당신의 가슴속 깊이 묻어둔
그 말을 듣고 싶은 밤이다.

그대가 또는 내가 원했던 것들

더 이상 고기를 잡지 않는 어부들이 모델을 자처하고 나섰다.
사람들이 우르르 몰려와 더 이상 어부가 아닌 어부에게, 어부를
강요하며 사진을 찍는다. 자신이 앉았던 장대 위로 하얀 피부의
관광객을 올려주면서 참치 뱃살 같은 허벅지를 보며 허옇게 웃는
어부는 더 이상 물고기엔 관심이 없다. 사랑 없이 사랑하며 사는
사람들이 있고, 헤어졌으나 헤어지지 못하는 연인도 있다. 공부를
하지 않는 학생도 학생이며 사기를 치고 해로운 일들을 도모해도
죄를 받지 않는 삶도 따로 있는 세상이라, 저 푸른 바다를 배경으로
엉뚱한 것들만 보며 웃는 어부들이 고기를 잡는 어부보다 근사한
보장을 받는 세상이 이상하지만은 않다. 영원하지 않다고 믿기
때문이다. 잠시 나를 속이고 사는 정도라 여기면 그뿐. 짧은
인도양의 해가 떨어진다. 밤이 오는 자리에 홀로 남은 장대들만
처음처럼 쉴 새 없이 파도를 견디며 내일을 희망한다. 말없이
제자리를 지키는 가느다란 장대들만 사실을 안다. 우리가 진심으로
원했던 것이 무엇인지.

너는 가을이다

부르고뉴 Bourgogne의 모든 계절을 삼킨 포도들이 순하게 익어
가는 시간, 늦은 가을이다. 늦다는 것은 깊을 대로 깊었다는
것이며, 돌이킬 수 없다는 것이다. 돌이킬 수 없을 때면 좋은 것만
기억하자던 사람이 생각났다. 좋은 것들을 떠올리기에 더없이
좋을 시간, 가을이다. 골목 끝에서 불어오는 바람에도 묵직한 와인
향기 퍼지던 오후. 길 건너 헌책방 가판대 위로 가을볕이 활자처럼
낱낱이 쏟아져 내리면, 먼 소식들이 달려와 잘 익은 와인처럼
주절거린다. 좋은 것만 남기고 떠난 사람의 와인 같은 말들.
가을 같은 사람이 되어달라고, 다 비워내고도 가장 좋은 것으로
기억되는 사람으로 남아달라던 그 말이 아직도 취해 비틀거린다.
취하고 싶은 단어들을 찾아 낡은 책 사이를 서성이는 사람들의 허한
뒷모습마저도 풍요로운 이 계절을 너의 말처럼 신뢰하고 싶어진다.
자신의 가장 좋은 것을 남기고 가는 계절. 한줄 한줄 신중하게
읽어야 할 문장들처럼, 가을에는 어느 것 하나 소홀할 수가
없다. 소중했던 모든 것들이 잠시 눈을 감는 순간에도 사라진다.
쉼표 하나라도 놓치고 싶지 않은 계절이다. 너는 내게 가장 짧고
아름다웠던 시간, 가을이다.

해를 건지다

물밑으로 사라지는 해의 중심으로 뛰어들어 맨손으로 물고기를
건져 올린다. 그게 가능한가 싶지만 해가 사라져가는 동안 그녀는
수없이 사라졌다가 나타났고, 그때마다 수면 위에 뜬 붉은 해는
잦은 간격으로 흔들렸다. 흔들릴 때마다 수천 개의 해가 흩어졌다.
어쩌면 호수 아래로 잠긴 해를 깨우는 일처럼 보이기도 했다.
그녀가 서늘한 물밑에서 해를 찾듯 유영한다. 삶은 발이 닿지 않는
물속과도 같아서 끊임없이 허우적거려야 겨우 하루다. 그마저도
나를 위한 것이 아닐 때가 더욱 잦아지면 부모가 된다. 해는 졌는데
환한 밤이다. 우리가 아무리 어두운 길 위를 걷더라도 결국 한 번도
빛이 사라지지 않는 이유는 누군가가 나를 위해 끊임없이
건져 올리는 태양의 힘이라는 것을 알겠다. 이제, 해가 지는 시간은
가장 사랑하는 것을 떠올리는 시간으로 알아야겠다.

그것으로 나도 누군가의 어둠을 지켜야겠다.

날마다 어머니는 해를 건져다 식탁을 차렸다.

묻고 싶은 말들

객실이 드문드문 비어 있는 숙소에는 거쳐간 사람들의 보이지 않은 흔적들로 분주하다. 털어도 털어도 사라지지 않는 타인의 체취들을 베고 누우면 묻고 싶은 말이 있었다.

너는,

정말 아무렇지 않은지.

그렇게 물으려다 삼킨 순간들이 모여 어금니가 되었다. 생각날 때마다 굳게 깨물었지만 이와 이 사이엔 아무것도 없다. 아무것도 없는 것을 지켜야 하는 일은 단단하고 고집스럽다. 빈틈없는 간격에 너와 나의 모든 것을 넣어두고 침을 삼키는 일. 순한 마음으로 떠올렸다가 독한 마음으로 가라앉혀야 하는 너는 내게 그렇다. 겨우, 이만큼의 일로 평생을 사는 일. 결국 늙는다는 건 할 수 없고, 될 수 없는 일들을 더 많이 받아들여야 하는 것.

너는,

정말 아무렇지 않을까?

세상의 모든 지금에게

그녀가 내게 물었다.
화려한 것이 아름답기만 하더냐고.
열광하던 때가 즐겁기만 하더냐고.
젊다는 것이 넘치는 힘이기만 하더냐고.

환한 얼굴,
단정한 입,
고요한 손이 말한다.
영원한 건 없다고.
시간을 붙잡으려 하지 말라고.
지금의 당신도 충분히 아름답다고.
말하지 않아도 들리는 게 있다.
듣게 하는 힘이 있다.

그래도 마음, 자꾸만 마음

자정에 울어대던 닭들을 살해하고 싶은 마음으로 몇 번이나
뒤척이다 새벽을 맞이하고, 아침이 되었는데도 울지 않는 닭들을
다시 교육하고 싶은 마음 때문에 오락가락 흥분의 밤을 밝혔다.
미쳤거나 미쳐가고 있었는지 모른다. 음식 솜씨 없는 주인의 손맛을
탓하며 식탁 밑에 자리를 잡은 개에게 우울한 밥상을 맡기고 나니
억울한 시간만 공복의 소리를 낸다. 낯선 숙소에도 매일 집배원은
정확한 시간에 찾아왔지만 그는 내게 인사할 마음이 없고, 나만
주소 없는 사람처럼 들었던 오른손을 슬며시 내렸다. 먼 곳의
친구들이 잘 지내냐고 물어오는 안부 문자에 외로움을 비쳤더니
비난이 쏟아졌다. 떠난 자는 남은 자들에게 어떤 이유로든 부러움의
대상이라는 마침표를 받았다.

마음은 모르고 몸만 알고 지낸 지 여러 해 되던 젊은 애인에게
건넸던 잘 지냈으면 좋겠다는 말은 거짓이 아니라 욕심이라는 것을
들킨 밤에도 그랬다. 결국 돌아눕는 등 뒤에다 비루한 마음으로
삼킨 말, "그래! 몸이라도 고맙지, 그깟 마음이 뭐라고." 닭도 개도
집배원도 옛 연인도 각자의 마음으로 각자의 쓸모에 최선을 다하며
살 것인데 내가 뭐라고. 이도 저도 아니면 떠나면 그만이지만 세상
어디를 가봐도 내 마음 같은 곳은 없단 것을 안다. 아! 지랄 같은
마음이여, 내 마음이여. 부디 아무 데나 배달되어도 반송되지 않을
무난함이면 좋겠다. 내 마음 알아주기 바라지 말고, 남의 마음은

고사하고 내 마음이나 잘 다독이며 살아도 겨우 비난 면할 삶이여.

그게 뭐라고. 마음이 뭐라고. 고작 내 것이 아니면 아무것도 아닌 것.

그게 뭐라고 죽도록 매달리며 살까.

나만 주소 없는 사람처럼

들었던 오른손을

슬며시 내렸다

다시, 떠나는 자에게

온통 길 위의 말들로 그대에게 보내는 안부였다. 안부라기보다
투정이거나 허용 가능한 협박으로 보내는 다짐들이 더 많았다.
처음 도착하는 곳에서는 바람을 삼키는 일보다 굵은 침 한 번
삼켜야 하는 일이 먼저였으므로. 그런 각오들이었다. 길 위에서는
항상 그랬다.

나는 오래도록 여행자였고, 앞으로도 그럴 것이다. 여행하지
않는 여행자가 되더라도 길 위에서 배운 것들을 품고 사는 일이
유일한 재산이라 여긴다. 이미 낯선 길 위에서 보낸 시간들이
많아져버렸으니, 그것이 여행자의 의무라 믿는다. 여행자의 의무는
여행의 즐거움만을 맛보게 하는 게 아니라 여행에서 비켜나 있는
모든 것들까지 전해야 한다는 마음이었다. 어차피 우리가 여행만을
유일한 목적으로 삼고 사는 게 아니라면, 여행에서 배운 것들로
일상을 대처하는 일이 더 유용하다. 거대한 환상을 만나러 가는
것이 아니라 바람처럼 구름처럼 또는 덜덜거리는 버스
맨 뒷자리처럼 현실에 뛰어드는 일임을 우리는 이미
잘 알고 있으니까.

여행이 내게 했던 말들로 팍팍한 일상의 간격을 넓혀나가길
바라는 마음을 전한다. 떠난 줄 모르게 떠났다가, 돌아온 줄도

모르게 나타나 당신의 일상을 힘껏 껴안길 바란다. 당신의 기쁨이나 슬픔 또는 사소한 모든 것들까지도 사랑할 수 있게 되길 바란다. 오늘도 어느 먼 허공을 바라보며 서성이는 그대여, 떠나서 여행이 하는 말들을 들어보라.

2020년 여행하기 좋은 날
오래도록 여행자, 변종모

P에게

너는 나의 뼈였나.
이후로
나는 아직
일어나지 못하고 있다.
온통 바닥이다.

너는 나의 뼈였다.

여행과 함께한 노래들

1 〈Stationary Traveller〉 Camel

2 〈Time In A Bottle〉 Jim Croce

3 〈Ocean Gypsy〉 Renaissance

4 〈Koop Island Blues〉 Koop

5 〈허전해〉 폴킴

6 〈Puerto Rico〉 Vaya Con Dios

7 〈Copacabana(at The Copa)〉 Barry Manillow

8 〈California Dreamin'〉 The Mamas & The Papas

9 〈Norwegian Wood〉 The Beatles

10 〈Party Like A Russian〉 Robbie Williams

11 〈The Way〉 Fastball

12 〈Carnaval De Paris〉 Dario G.

13 〈비가〉 박희수

14 〈The Palace Of Versaille〉 Al Stewart

15 〈Travelin'〉 The Jeremy Spencer Band

16 〈Mon Amant De Saint Jean〉 Viktor Lazlo

17 〈Sous Le Ciel De Paris〉 Edith Piaf

18 〈The Road To Mandalay〉 Robbie Williams

19 〈꿈속의 사랑(Band Ver.)〉 탕웨이

20 〈Cucurrucucu Paloma〉 Caetano Veloso

21 〈Quando, Quando, Quando〉 Michael Buble

22 〈주저하는 연인들을 위해〉 잔나비

23 〈Midnight Dejavu〉 Ego-Wrappin'

24 〈Don't Cry〉 클랑

25 〈Gypsy Wind〉 Heidi Muller

26 〈물론〉 박선주

27 〈I've Never Been To Me〉 Charlene

28 〈Storm Song〉 Phildel

29 〈Pale Blue Eyes〉 The Velvet Under Ground

30 〈I'll Naver Love Again〉 Lady Gaga, Bradley Cooper

31 〈신청곡〉 이소라

32 〈인생의 회전목마〉 Kukita Kaoru

33 〈Gracias A La Vida〉 Mercedes Sosa

34 〈La La La〉 Rachael Yamagata

35 〈사랑이었구나〉 이은미

36 〈Caruso〉 Antonio Forcione

37 〈Madam Guitar〉 Sergio Endrigo

38 〈야상곡〉 김윤아

39 〈Respiro〉 Franco Simone

40 〈Swan Song〉 Robin Grey

41 〈Tout Le Monde〉 Carla Bruni

42 〈月亮代表我的心〉 Teresa Teng

43 〈이별을 받아드리리〉 변진섭

44 〈Hallelujah〉 K. D. Lang

45 〈유럽이나 그대 어디든지〉 이문세

46 〈Songbird〉 Chris De Burgh

47 〈Yesterday Once More〉 Mizoguchi Hajime

48 〈님〉 허밍어반스테레오

49 〈Older & Bitter〉 보은

50 〈Storm Song〉 Phildel

함부로 사랑하고 수시로 떠나다

ⓒ 변종모, 2020

초판 1쇄 인쇄일   2020년 4월 6일
초판 1쇄 발행일   2020년 4월 13일

지은이   변종모
펴낸이   정은영
기획편집   고은주 정사라 문진아
마케팅   이재욱 최금순 오세미 김하은
제작   홍동근

펴낸곳   꿈지락
출판등록   2001년 11월 28일 제2001-000259호
주소   04047 서울시 마포구 양화로6길 49
전화   편집부 (02)324-2347, 경영지원부 (02)325-6047
팩스   편집부 (02)324-2348, 경영지원부 (02)2648-1311
이메일   moonrise@jamobook.com

ISBN 978-89-544-4236-7 (03810)

이 도서의 국립중앙도서관 출판시도서목록(CIP)은 서지정보유통지원시스템 홈페이지
(http://seoji.nl.go.kr)와 국가자료공동목록시스템(http://www.nl.go.kr/kolisnet)에서
이용하실 수 있습니다.(CIP제어번호: CIP2020011013)